ナル

土曜社

РЯНСКОЕ СОБ
ВЪ ЧЕТВЕРГЪ 20-го ФЕВРА
ФУТУРИСТЫ
УСТРАИВАЮТЪ
О ЖИВОПИСИ И
ВАСИЛІЙ КАМЕНСКІЙ
прочтетъ докладъ 1) Аэропланы и
ДАВИДЪ БУРЛЮКЪ
прочтетъ докладъ 2) Кубиз
ВЛАДИМІРЪ МАЯКОВСКІЙ
прочтетъ докладъ 3) Достиженіе фу
ДАВИДЪ БУРЛЮКЪ, ВАСИЛІЙ КАМЕНСКІЙ, ВЛАДИМІРЪ МАЯКОВСКІЙ
БУДУТЪ ЧИТАТЬ СВО
Начало въ 8½ часовъ вечера
Билеты продаются въ музыкальномъ магазинѣ „ВОСТОЧНАЯ ЛИРА", а въ день лекціи съ 6 час.
отъ 4 руб. до 1 руб 20 к. Входные въ залъ 1 руб. Хоры 70 коп.

マ ヤ コ フ ス キ ー

小笠原豊樹　訳

第五インターナショナル

土曜社刊

Владимир Маяковский

Пятый Интернационал

Published with the support of
the Institute for Literary Translation, Russia

ИНСТИТУТ ПЕРЕВОДА

AD VERBUM

第五インターナショナル

第一部……………九
第二部……………四六

表　紙

「労働のかたわらに小銃もお忘れなく」（マヤコフスキー＝文，レーベデフ＝絵，1921年，ロスタの窓，サンクトペテルブルク）

第五インターナショナル

第一部

芸術軍指令第三号

以下のすべてを通読すること。未来派の飛行大隊、古典作家たちの要塞、シンボリストたちの毒ガス部隊、レアリストたちの輜重隊、イマジニストたちの調理班。

今どき、どこで
――トゥーラあたりで――
詩の竹馬に乗るのが許されている?!
よほど辺鄙な所だろうね!……
「ああ、なんてポエティック……

なんという格調の高さ……
ああ！」
ぼくはここ二十年、教会に行っていない。
今後も教会と名のつく所には行かないだろう。
聖ワシリー寺院は破壊された。
ぼくは全然うろたえず、
心浮き浮き、
大砲の呼び声に応じて出て行った。
イコンに描かれるような詩の神に捧げる
頭韻の花冠を、
なぜぼくが鋳造しなければならない？
詩とは薔薇の前に座って愚痴をこぼすことだという……
その薔薇を考案したのがぼくではないと思うと
ぼくはもう
くやしくてたまらない。
二十八年も脳髄を育ててきたのは、

物の匂いを嗅ぎ分けるためではなく
薔薇を発明するためなのだ。
ナドソンとそのご一統さま、
あなた方の大勢力に
嫉妬してるわけじゃなくて、
これは
ぼくの言葉の建築現場に
風が舞っているのだ。
ぼくは加わりたい、
エディソンの列に、
レーニンの列に、
アインシュタインの列に。

ぼくは食べすぎだった。
珍味を腹一杯食べる癖があった。
現在、

ぼくの脳髄は清潔だし、
舌はきれいなもんだ。
喋り方は飾り気がなく、
マルゴのフランス語入門みたいな文章だ。

ぼくが
詩に許すのは、
ひとつだけのかたち、すなわち、
短さと、
数学の公式のような正確さだ。
詩のお喋りにはすっかり慣れたけれども、
まだ詩で喋りちらし、率直に語らない癖がある。
しかし、
もしぼくが
「ああ！」と言ったとすれば、
この「ああ」は

アタックする人類に呼びかけるトランペットだ。
「べえ！」と言ったとすれば、
それは人類の戦いにおける新たな爆弾だ。

ぼくは、詩とは何かを、正確に知っている。ここで描かれるのは、ぼくの目を開いてくれた、すこぶる面白いいくつかの出来事だ。ぼくの論理は絶対であり、ぼくの数学は無謬である。

ではよろしいかな？
始めます！

公理。
すべての人間には頸がある。
命題。
詩人は頸をどのように利用するか。
解法。
詩の本質は、

頸をネジ止めするネジをよりきつく締めること。
土台はすでにある。
始まりは、うまくいってる。
ゲルシェンゾーンと比べれば科学的なくらいだ。
そこで始まり始まり！
レオナルド・ダヴィンチの粘り強さで、
ネジを締めたり、
ゆるめたり、
再びダヴィンチふうを繰り返す。
（これが
ヨガの自己完成の図に
いくぶん似ている、
とは思わないけれども、
似ている可能性なきにしもあらず）

次第に力をこめ、

練習をつづけるうちに、
頸のネジを締めすぎて、
とんでもないことになった。
ぼくがすでに語ったことのなかに、
国境というやつがぼくには一切不要な
そのわけがひそんでいる。
蒸し暑い汽車に
さんざん揺られて、
一睡もせず、あげく、
ふらふらのパリ見物かい?!
パリなんか、ここプーシキノ村からでも、
おのれのたなごころを
指すがごとしさ。
ぼくの方法は安あがりで簡単だ。
両手をポケットに突っ込んで立っててりゃいい。
朝起きたとき思いっきり伸びをするだろう。

そういうわけで
一年も経つと
ぼくは自由に
頸のネジをゆるめて、
四、五センチも頸を縮めることができた。
通行人は向かっ腹を立てた。
やがて慣れた。
結局、笑うことさえしなくなった。
未来派の馬鹿は今に始まったことじゃないってね。
だが時が経つにつれて、
その馬鹿を利用するようになった。
例えば道を教えるときにね。
「まっすぐ行くと、
物凄くでっかい足が立ってます。
その足の間を通り抜けて、振り向くと、
右側は駅で、

左側はアクーロワ山です」

こういう驚くべき仕事のために、ぼくはあまりにも永いこと多忙を極めた。

日にちの数は数えなかった。
数えて何になろう！
ただ記録しておきたい。
歳月は静まり、あとにマストの林を残し、
蝦夷松の針葉を突き抜けて
ぼくは蝦夷松よりも頭一つ分だけ背が高くなった。
この頃のぼくが何者だったのかは
判断を差し控えたい。
人にして人にあらず、
なんというか、
人間鷲鳥さ。
頭が林をつきぬけるや否や、あたりを見回す。

こんなあたり近所を見回すのは嬉しいものだよ。
一九二五年から三〇年頃までの時期に、プーシキノ村へ（ヤロスラフ鉄道で）行ったことがありますか。沼があった、いくつか。畑で何やら作っていた。屋根は穴だらけ。住民はちびばっかり。ところが、今は！

立ち並ぶ赤い屋根、
緑の屋根！
たくさんのトラクター！
愛想がない！
農民は陽気だ！
駅からは十本もの支線が出ている。
あたまが混乱し、
何もかも混同しそうになる。
駅は少なくとも大きさが十倍にはなった。
「まじめに」と言われても、

時すでに
遅かろう。
青春とは（ご存じの通り）楽しむことと見つけたり。
ぼくは少し屈む。
レールの筋を辿りつつ、
上から機関車の汽笛を吹いたらどうだろうと思う。
通りかかった女たち。
女たちに煙が！
煙を食らった女たち。
女たちを追う煙。
女たちに埃が！
水溜まりに落ちた女たち。
走る。
くしゃみ。
駱駝の風邪っぴき。

ネジを締めろ！

プーシキノ村はみるみる小さくなった。
下方に沈んで消えた。
頸はどんどん延びて、
まるで消防車の梯子、
頭の高さは
すでに
イワン大帝の
鐘楼と
おっつかっつだ。

モスクワ。

まあ聴いてくださいよ、これはやっぱりちょっとした見ものなんだ。たくさんの建物。異様に大きく美しい建物の群。

覚えてる？
ニレンゼー・ビル、
ちっぽけな荒ら屋の群を見下ろし、
悠然と立っていたっけ。
ところが現在
巨大建物の下に、
ちっちゃな茸みたいに見えてるやつ、
それこそが同じニレンゼー・ビルの屋根なんだ。

通りは、コンパスを用いて、きちんと数字を出している。電気は舗装用の丸石をネックレスのように飾る。芝居の役者がかぶる冠は光り輝く。同じく光り輝く官吏名鑑のように、広告や看板は夜のゴシップを書き立てる。それぞれの——家庭の、汽船の、工場の、排水管から、煙が出る。仕事だ。これが一九四〇年から一九五〇年にかけての、豪華絢爛たるモスクワの情景である。

ネジを！

まだ、ヴォドピヤンヌイ小路のありかはわかる。
モスクワは次第に霧に包まれていく。
オカ川はしきりに蛇行した。
オカ川の蛇の動きがゆるやかになった。

地平線が不機嫌に林の眉をひそめる。
更にネジを巻く。
遊牧民の仮泊地、ムーロメツは、
視野の外へ消えた。
三つの海に向かって拡がる
巨大な空間、
意識が朦朧となるほど果てしない。
ヴォルガがあり、
まんなかにドン河、

右側にはジグザグに流れるドニエプル河。

なんというすばらしさだろう、この眺め！

地球儀でもいい。レリーフ地図なら、もっと結構。ところが、これは生きた本物の地理なんだ。テレックという川が、ダリヤールとかいう場所のこめかみの血管の中で脈打っている。玩具のようなヴォルガが、刻々とアルミ箔のように色合いを変える。あるいはバラ色に、あるいは青に、空はアララート山のクリスタルグラスを水彩絵具で染めにかかる。

若干、空想がすぎたか——空想せずにはいられないんだ。

空気は、
過去の声を用いて、
低音の風を巻き起こす……
それは
コサック本営の乱痴気騒ぎを見守る、

光束の髭を生やした
大頭目、タラス・
ブーリバか。

更にネジを締めれば、
もはや
まなこに映るのは、
国の境の外のことのみ。

ひらめいては消えてゆく、
戦争が捨てて行ったグラインダーのたぐい、
ラトビア、
リトアニア、
その他、政治的おが屑のたぐいだ。
不具にされた肉体の沈殿物、金に縛られて、
辛く、

苦しい。
ベルサイユ条約文書の封蠟に打ちひしがれ、
ルールの地底で借金のために労働するドイツ。
ヨーロッパの街道で
顎を砕かれ、
ベルサイユ条約を包帯代りに、
口にナイフをくわえ、
歯をくいしばって
突っ立つズワーヴ兵。

スイス。
登山用具という枷を嵌められている。
イタリア……
ふた言めには長靴のかたちを云々され……
そしてスペインは
もう霧の中……

その先は大海原で、スペイン人の影もない。

頸を半回転してネジを締める。
肩ごしに見える、
氷河の音を立てている
赤銅色のインド。
戦うために立ち上がった。
ヒマラヤの山々を砥石にして光束を研いでいる。

ネジをきつく締める。
茫然と眺める。
水平線の彼方に日本、
オーストラリア、
イギリス……
いや、それはもはや些細なこと。

ぼくは恐ろしく好奇心の強い人間だ。餓鬼の時分から。

この機会に、
極地を
見に行くのも、わるくはあるまい。
と、身を屈めたのが低すぎて、
寒気のせいで、
鼻がラディッシュみたいに真っ赤になった。

雪が輝く
真っ白な世界に、
クックたち、
ピーリたち。
一歩また一歩と戦っては進む。
地球の臍に、

あてずっぽうに
小旗を立てるため。
ぼくは軽蔑の目で見る、
氷だらけの海に危うく鼻を突っ込みそうになる。
やれやれ、これでぼくも
極地を
なんべんでも
開け閉めできるというものだ。
凍傷に罹った冷たいほっぺをマッサージする。
それから身体を起こす。
更にネジを巻く。
地球の半分は、
なんともいえぬ丸みを帯びて
ぼくの足の下にあり、
いくつもの大海の水が半球から流れ落ちる。
遠くからだと、

蜜柑そっくりだ
けれども、
蜜柑のほうは黄色いが、
こいつは青い。

二度ほど、頭を三六〇度まわしてみた。いちばん面白いものはすでに見てしまったような気がしたので。

じゃ、
身体を屈めるよ。
どうぞ！
いかが！
合衆国の
州また州。
ぼくの上にはワシントン、
ニューヨーク。

煙だ。
騒音だ。
ぼくの上には大海原。
海は横たわっていて、
雨のように降ることはできない。
みんな腰をおろしたり、
歩きまわったり、
てんやわんやだ。
高位高官の人たちでさえ、てんやわんやだ。

アメリカの金持ち連中を見飽きて、
立派な跳ね橋のように
ぼくは再び身体をいっぱいに
伸ばす。

いうところの気高い事件がもう始まっている。

星々が大きく見えるのは、
距離が近づいたからだ。
地球は霧に包まれている。
遠くの騒音だけが耳を舐め、
共通のことばを語る人声は場違いだ。

もっと高く！

静寂。
そして世界に開かれた
旅するための空間、
それだけだ。
ぼくの下、
ぼくの上、そして
ぼくをつらぬく発光体の流れ。
これぞ、まっこと、

空間と呼ばれるにふさわしかろう！
手で触れられる次元は二十二もある。
空間には縁はなく、
時間には終りはない。
未来派が描く、乗物の、または人の移動は、こうだ。
何が物体で、
何が痕跡なのかは、
全くわからない。
但し過去から未来への物体の移動は即座に見える。
時間はナイフじゃ切れない。
惑星は衝突し合う。そこで、
即座に見えるのは、
霧とガスから生まれた未来の惑星の
新たな生活の始まりだ。

ちょっと脱線――

航空学校を出たパイロットは、
空で永いこと使われるか。
ま、せいぜい一年がいいところで、
茶色いひとみの若者の目の下に
青い隈が現れ始める。

先に進もう。

ぼくの滞在は空では問題にならなかった。
朝焼け、
風、
猛暑のせいで、
ぼくの全身は
防御服の色、すなわち
南極探検の人、ラザレフみたいな青に染まった。

窮屈な生地をさんざん引っ張ったので、
風は自由に生地を通り抜け、
ひゅうひゅうと音を立てる。
ぼくは
ぼくらの
見慣れた
頑健な身体を
失うまいと、
チタン石のように頑張った。
一瞬後には
たくさんの建物が
それぞれの二本足を使って
全速力で逃げ出すのではないか
という錯覚に陥る。
でも、ぼくは
全身に思想の骨組を張りめぐらした。

心に金属の箔をかぶせた。

神経系？
ふざけちゃいけねえ！
ぼくは神経系に体操をたっぷり仕込んでおいたから、
毎土曜、
すすぎを終えた洗濯物は
乾燥機に入れられる。
下着を干すのと同じ要領。
思想てえものは
グランドピアノの脚より物質的だ。
頭蓋の屋根の下から引っ張り出されても、
思想は掌の上に横たわり、
全く現実的な、
発光針金の構築物として在るだろう。
緊張した耳は錐揉み状態に陥ってネジをゆるめる。

ぼくは思想に穴をあけることができるし、
でなきゃ
聴覚で壜に照準を定め、
耳で壜の栓を抜くこともできる。

もう一度ネジを締めろ!

気味が悪いほど静かだ。
耳をえぐり取りたい。
だが耳たちは耳をすましていた。
耳たちは慣れていた。

初めは音程の違いもよくわからなかった。
(ネジをゆるめて三キロほど戻ったときのことだ)。
だれかがだれかを罵ったとして、
さほど簡単に区別がつくものだろうか。

特に万人周知の猥褻語を大声でどなったときなんか。
だが今では
蠅の飛翔を耳が聞き分けるなど序の口で、
ぼくは蠅の足の一本一本の脈拍を聞き分ける。
いや、蠅がどうした、
蠅なんてくだらねえ。
ぼくの聴覚は
望遠鏡みたいに伸縮可能な耳を用いて、
世界中の石臼の長調の唄、
低音の鼻唄をキャッチする。
自分の軸から外れて回り出す石臼など。
空の満潮なら
一時間前からわかる。
雲の塊が次々と空に巻きつくんだ。
これは月が星たちを空から連れ出して、
一時間後には

自分が
新月に生まれ変るのさ。

一つ一つの天体は
独特の大声で喋る。
おイチ!
ニイ!
これはすぐ近くで、
目と鼻の先で、
火星の住人が苦境を脱しつつあるところだ。
指輪をたくさん指に嵌めて、
土星が
バレエのようにせわしない音を立てる。
バレエのホールを二周も三周もして、
各国共通の「フエッテ」を見せる。
楕円、

放物線、
円など、さまざまな軌道を行く天体は、
途方もないメロディを口笛で吹く。
指揮者の太陽は、
天体たちを手元に集め、
「しいいッ」と言う。冷水を注がれたフライパンの
「じゅううッ」というのと同じ音だ。

空のガラスを、
途轍もなくでかいペンで
軋ませるように、
全オーケストラが染み渡る。
これは
途方もなく巨大な螺旋を描いて、
太陽系全体がヘルクレス座で口笛を吹くの図だ。

不協和音の極致！
けれどもぼくは
こんな状況のなかで、
ボタンよりも
硬い
いくつかの文字を捜し当てていた。
空気の音が聞こえる。
空気が二つに分かれて、
それぞれが重い言葉の荷を背に負っている。
言葉の稲妻が飛び交う。
モスクワと、
ハドソン川の間で。

モスクワ。
「万人に告ぐ！
共産党ばんざい！

万国のプロレタリアよ、団結せよ！
おおい！」

シカゴ。
「万人に告ぐ！
ジミー・ドラーズがお勧めする
屠殺用に肥育された食用豚！」

ぼくは捕らえる、ここへ外部から飛んできたものを。
飛んできて、この環境に根を下ろしたものを。
それがここに辿り着いた瞬間、
ぼくは鳴り始める。
目や、
喉や、
鼻のアンテナを活用して。

今日、ぼくは本望を遂げた。この世界に、途方も途轍もない、べらぼうなことが起こったのだ。

世界空間を克服するために、
数世紀の時空を把握するために、
ぼくはこの上なく大きな
ラジオ局みたいなものになった。

時の経過につれて、下界ではぼくの建造物に気づいた。下界は唖然とする。望遠鏡で覗いてみたり。本や論文を読み返したり。科学技術博物館は、延々と続く討論のために爆発状態となった。ぼくは空中を移動しながら、ラジオで聴いた主な意見をまとめた。以下はその報告書。

七十センチ先さえ見えない者は、
何が何やらわからない。
「一体全体なにの機械じゃろう?」
詩人たちは断言する。

「これは史学部の新刊書、
新傾向のものでして、
ほれ、例の
ユナニミスムというやつです」
神秘主義者は書く。
「ロゴス。
これは全能である。主なる神に由来する」
P・S・コーガン。
「あなた、何をおっしゃる、
これはですね、
単なる死後の栄光の象徴化にすぎない」
マルクス主義者はこの不思議をあらゆる面から検討し、
結論を出す。
「これは
擬人化された集団の力である」
A・V・ルナチャルスキー。

「マヤコフスキーの宇宙論とはね！」

堪忍袋の緒が切れて、ぼくは身をかがめ、下界に叫んだ。
「黙れ、宇宙論をやって悪かったな！
宇宙とは何か？
遠いとこだぜ、宇宙てのは！
俺が今やったのは、
ほかならぬ、
社会主義的詩人の仕事でね」
エッフェル塔より高く、
そこいらの山よりも高く、
——ぼくのハンチングよ、古い空に穴あけろ！——
ぼくは立つ。
未来の叙事詩の勇士、
スヴャトゴール。

詩人は時代を凌駕して、
人類の総司令官になればよい。
両の足を大地に食い込ませ、
全世界の水分を吸収するのだ。
みんなあ！
百年ばかり暇があるやつは、
ぼくの経験を繰り返したらどうかね。
下界に帰りたくなったら
仲間になればいい。

ぼくの発明の実益はこうだ。
条件が満たされさえすれば、
古代ギリシャ人が
三十世紀の世界をのんびり散歩するだろうということ。

第二部

失礼ですが、マヤコフスキーさん、あなたは年中「社会主義の芸術、社会主義の芸術」と、わめいておられるけれど、詩の中では「ぼく」だ、「俺」だ、「私」だ。「ぼくはラジオだ」「俺は塔だ」「俺はそれだ」「私はあれだ」ばっかり。これはどういうことでしょう。

読み書きの不自由なひとのために

プロレトクリトに属する人たちは
「私」のことも、
個人のことも語らない。

「私」は
プロレトクリトの人たちには
不作法と同じことなのだ。
そして心理的には
未来派よりも「集団的」であろうとして、
「私とあなた」ではなく、
「私たちとあなた」という
言い方をする。
だが、語っているのが瑣末な事柄である限り、
いくら「私」を「私たち」に取り替えようと、
抒情的な穴から這い出すことは、
できないのではないだろうか。
したがって私は、
「私」と言う。
そしてこの「私」は、
今やおどけて、

ことばからことばへ軽々と飛び移り、
過去数世紀の高みから、
未来数世紀の高みを眺める。
もしも私の足元の世界が
一匹の蟻より小さかったら、
ねえ、みんなあ、
代名詞の区別なんか
どうすりゃいいんだ?!

さて、ふたたび詩に戻って。

事実を思い出していただこう。ぼくは頸のネジをゆるめて、高度数千メートルのあたりで停止した。

下界は、
顕微鏡で覗いた一滴の水だ。

渦巻模様に桿菌、桿菌に渦巻模様……
ヨーロッパはどこもかしこも発掘作業の現場で、
砲声が頸のまわりをいい加減に取り巻く。
わかってるさ、
ぼくらが見ているのはごく一般的な汚点にすぎない。
見ろ、
あれが
ぼくが愛する国
ロシアだ。
革命のきびしい試練を経たばかりの
赤い国だ。
労働者の
ものすごい力が、この国を
ひっくりかえし、ダイヤのようにカットした。
惜しむらくは、新経済政策のなごりが
錆のように黒ずんで見えるけれど。

そしてこれはポーランド。
端切れを縫り合せてつくった国。
パレットには色彩がいっぱいでさ。
こういう彩り豊かな国を作れ！
ピウスツキとその一統が
流したよだれはおよそ千リットル。
こりゃあかんわ、
いくら頑張って端切れを集めたとて、
みるみる
縫い目はほつれるだろう。
ドイツ。
火を噴く噴火口の灼熱。
言葉による
石や灰の播種。
溶岩は
黄色い妥協主義者のように凍るかと思えば、

赤いまま
革命の地震のように揺れる。
その先。
闇。
フランス。
だれもかれもミルランふうの燕尾服。
黒ずくめ。
ほとんどダークブルー。
シャツだけが光っている。
オリーブの木の照り返しのように。
遠ければ遠いほど黒みは増し、
遠ければ遠いほど暗さは増し、
遠ければ遠いほど夜陰は増す。
そして水平線の彼方、
アメリカでは、
空を覆う巨大な闇そのものが産卵した。

時には
山の闇が爆発して明るい星になった。
インドで、
アンカラで、
ハンガリー・ソヴェト共和国で。

だが、
ぼくが光の扇をつかい、
日が暮れる頃、
夢か幻か、花火があがる！
どっちを向いても、
ぼくは火の色に染められる。

真夜中でも、空からでも、ＲＳＦＳＲはすぐわかる。

ちょっぴりずつ、

僅かずつだが、
それでも中断することなく、
それでも抑えがたい勢いで、
下界の
火の平行線が延びていく——
これはロシアが闇を鉄道に変えているのだ。

少し先では、
線路のあかりが疎らになったあたりに、
人が集まって、
タンゴとやらを熱っぽく演奏している。
これすなわち、
パリで店開きをしたということだ、
売春宿が、あるいはそれに類した
生きた商品を商う店が。

雷を集めて、
ここから、
その店めがけて突っ込むか。
ムーラン・
ルージュの
金色の窓めがけて？
いいや、きみはまさか押しかけないだろう。
これは歴史的法則ちゅうもんだ！
ぼくはマルクス主義者だから、
むろん押しかけない！

きみたちに理解できるかな、
目撃者に徹することが
どんなに辛いか。

アンテナの目を消せ。アンテナの耳を四十万キロ先の波長に合わせろ！

初めから
——若者の熱意だ——
些細な傾向の変化を喜んで受け入れてくれた。
渡り鳥のように飛んで行く弾丸文字をぼくは捕らえる。
捕らえたものを積み上げる。
興奮に戦きながら暗号を解読する。
と、だしぬけに、
「ロイド・ジョージが、
リヴァプール会議を招集。
パジャ、パジャ！」
次。
狂ったようなどなり声。
ラジオじゃない。
トレチャコフの自作の『ルイフ』。
「なぜ行かないんだ。

おい、あんた、
外交官だろ！
あさってだ。
必ず行け！
マドリッドへ！」

どこまで厭味なんだ、このおっちゃん！

数えきれないラジオニュース。
こんな短いのもある。
「ロイド・ジョージ。
病気。
頭から風邪ひいた。
辞表。
各国大使召還。
党会議！」

コノトープ！

別の周波数に合わせると、
こんな下らない情報が入ってくる。
「パリから
ベルリンへ。
金よこせ！」
「ベルリンから
パリへ。
金ない！」
「ベルリンへ。
こちら、フォッシュ事務所。
金払え！　でないと
いろいろ面倒なことになるよ」
「パリへ。
わかった。

払います。
ごめんな」
これを毎月、晦日ごとにやっている。
こういうやりとりには、
理知的なアポロ像といえども激怒するだろう。
ぼくは
人間であって、
大理石じゃないから、
この電波に悩まされることも一入。
夏の夕べ、保養所のホールで、
こういう
ラジオのゴシップに耳を傾けるのとは、
わけが違うんだ。

頸のネジを締める。
何か珍しいことでも起こらぬ限り、

雲を身にまとっていよう。

実に独特な感覚だ。頭でもって白い雲や黒雲に穴をあけるのだから。下界は見えない。自分の肩も見えない。空だけだ。雲だけだ。雲のまんなかに、ぼくのでかい頭があるだけだ。

黒雲が海に似てきた。
雲が光を遮る。
この
まさしく
海のどまんなかを
ぼくの頭はオタマジャクシのように泳ぐ。
黒海の義理の弟と付き合う気分でね。
艦隊は
駱駝と船と龍の混成部隊で、
駱駝は人を、船は奴隷を、龍は蟹を、それぞれ含み、三者は目と氷によって結ばれる。
古代リジアの太陽王クレーズが黄金色に塗った大艦隊は、

ぼくの海を遊弋し、
無線を操るマルコーニの幻想と出くわして、
ぶつかってくる雲を裁断する。
凄い雷鳴。
黒雲から
斜面を通り
耳元までころがってくると、
極端な音で鳴りとどろく。
耳に雲の綿を詰め込んで、
稲妻に目を細め、ぼくは静寂の中に立つ。
その先へと更に疾走をつづけるのは、紛れもない
忘却の河だ。
日々は悪意も倦怠もなく流れる。
これは
人間にとって
大いなる満足にほかならぬ。

静かに、ぼくは立っている。特に何かを考えるでもなく。強い自由意志の力で、アンテナをしっかと保持している。呻いてはいけない!

ただ意識下の曲がりくねった所では、
迂回路を利用しなければならず、
そんなときすでに通りすぎた各世代の文化について、
中途半端なことを考えてしまう。
昔の飛行機は脛のあたりでぶんぶんやっていたが、
今は膝のあたりでぶんぶんやっている、などと。

こうして、
日々は
穏やかに流れつづけた。
流れるところまで流れた。
そしてある日、

またしてもやかましい音楽が演奏され、
アンテナを持つぼくの手は
震え始めた。

両足の円柱は
円柱じゃなくて植物の茎だった。
その足さえぐらつき始めている。

そもそも雲を育てる保母さんだった筈の空は、
決して治まらぬ痒みが地上に蔓延しているせいか、
すべての自然法則はひっくりかえされ、
地上からの逆さまの雷雨にやられる。
耳なんか、
荒廃の極致。
ラジオのなかは竜巻状態だ。

「パリ……
ヴェルサイユ条約により
ポアンカレとロイドが……」
「ウィーン。
ひっこめ！」
「パリ。
フォッシュ。
嘘つけ、ドイツ野郎！
気をつけてね、下士官さん……」
「Berlin
Runter!」
「ワシントン。
ヨーロッパ関係の支払い停止。
債務者には支払いを急ぐようお願いする」
「モスクワ。
いい加減にしろ！

行っちまえ！
大きなお世話」
ラジオがぞくぞく空中で踊る。
空中は
とどのつまり、
雷雨襲来の無秩序だ。

なんだ、これは！　早く！　早く！　見ろ。ぼくは黒雲を撒き散らす。額に掌を当てる。下界にひとみを凝らす。きのうなら、国境という枷を嵌められてはいたが、ここには唯一の赤いオアシス、ロシアがまだあった。今日、ヨーロッパの半分は延焼中だ。炎はロシアの地理的国境を突破する。西からはドイツの火事が、挨拶代りに炎の腕を差し出し、熱い髪の毛を編む。ロシアの赤い肉体から、ドイツの赤い肉体から、炎の腕によって、プロレタリアの円柱が分離された。一方、ダンツィヒでは——

軍隊の指が、
戦車の指が、

ドイツの軍用機フォッカーの指が、
代る代る握手を求めてきた。
その指が触れた所は
若干の湿り気を感じたという。
ピウスツキ一派は
ダンツィヒ回廊地帯にいたので。

流れこんだ。下界はいちめん火の世界。身が竦んだ。緊張した。星のように破裂。

泣きじゃくる声々。
「たすけて!
置いてかないで!」
いや、これは
五つのとんがりをもつ星を傾けて、その中身を
唖然たる光の五つの部分に流し込んでいるのだ。
ごらん、

ひとつの星の歯、
鋭いけれども
ちっぽけな歯が、
フランスの国土の端っこに嚙みついた。
黒ずくめの連中は懸命だ。
なんとか宥めて、
捕獲しなくちゃ。
ところが自分たちの
背後では、
服の裾が燃えている。
これほど効果的な場面は今までに見たことない！
服の裾は光束の尖端に引っ張られるばかり。
これじゃなんの役にも立たない！
ふうふう吹くのはもうやめな。
赤と赤は水銀のように一体化する。
フランスを通り抜け、

その先へ。
涙を抑え切れぬ、
いかついやつ、
赤い星の歯がまたまた嚙みついた。
ぼくは大喜びで叫ぶ。
「無駄な努力はやめろ、やめろ！」
今、
革命の火は消えていない。
革命の前で頭を垂れるがいい！
一条の光はアペニン山脈を遮二無二登り、
もう一条の光はピレネー山脈に夜明けをもたらす。
ノルウェーとの国境跡を吹き払い、
北へと進む
赤い嵐。
そこでは
第二の光が氷を焼き、

北極に到る雪原を赤紫色に染める。
列車よりも清潔に
シベリアへと流れる第三の巨大な光。
その赤い流れはすでに
ほとんど東京にまで達したようだ。
第四の大きな熱い光は、
その長い歯で南東方面に嚙みつき、
すでに
なんとかいう名の
インド貴族は、
ヒマラヤの光によって
谷間に追い落とされた。
ぼくの風刺画が優れているかどうか、
検証したいなら、
オーストラリアにひとつの星がある。
かの地で俄に輝き出した星だ。

それを第五の光と呼ぼうか。
その星の攻撃の仕方は他の場合と同じだ。
黒人の前では、ふざけて赤く光ったりしたが。
結局、サハラ砂漠を通過し、
そのあたりで八方ふさがりになったか、
南極の手前で輝きをすべて捨てた。

でかい両手を振り回し、他人の感情を煽るかと思えば、自分の感情は押し殺し、耳の網でひとつびとつの言葉を捕獲し、抑えがたい意志――勝ちたいという気持ちだけで仕事をつづけて、ぼくは体調を崩してしまった。ぼくらの円柱を、ぼくは雲ですっかり隠した。そして自分の目の灯台でもって、嵐の烈しくない場所を教えた。現在ぼくは敵のラジオを混線させる。世界中の豪雨や、噴火や、落雷を、すべて集めて、敵の黒い頭に投げつける。ぼくらは勝つだろう。勝たないことは望まないし、勝たないわけにはいかないのだ。ただ、残るのはアメリカだ。ぼくは身をかがめる。不安の種を蒔いている。

アメリカは戦慄する。

革命の悪魔が
大西洋のふところに入ってきた……
だが、
現在これはぼくのテーマじゃない。
これはもう書いた。
『一億五千万』という、ものすごく面白い詩にね。

それを読んだ人なら、ぼくらの勝利のいきさつはわかっただろう。この話に興味がある人には、ぜひともこの詩をお勧めしたい。でも、ぼく自身は、

息を呑んだ。
そして
うっとり見つめる
ぼくの目に映ったのは、
赤い星の矛先に屈伏した地球の
すべての生き物が、いま再び、

第二の火星のように赤く輝いているさまだ。
飛び去った年月の幻影に興奮し、
勝利に熱狂し感激することに
疲れたぼくは、
ここでまたもや、
頭を天空に突っ込み、
ここでまたもや、
何世紀もの日々を警護する者となった。
ぼくは革命を目撃し、
戦争を目撃した。
だから
飢えた人間なんてうんざりだ。
一度でいいから
快活に、安楽に、
静かに生きている人間を
この目で見たい。

喜ばしいのはひろびろとした空間、
喜ばしいのは静けさ、
喜ばしいのは曇天の下の畑。
口は、
薄めた空間を飲んでる。
手は、
星の牛蒡の引っからまった髪の毛を、
ときどきけだるそうに梳いてる。
時は
まるで
ガラス、
流れたのやら
流れなかったのやら、
まあ流れたんだろうよ。
そして、つまるところ、いくらか時が経ち、
雨雲はちぎれて、

ばらばらになった。
最後には
青ざめたちっちゃな
雲ひとつが残り、
それも消えた。

熱狂の笑みを浮かべて地上を眺める。
あたりの
何もかもが
真っ黒ではないし、
真っ赤でもなく、
かといって真っ白でもなかった。
地球は
どこもかしこも
金色に輝き、
頭上の

空は、
非白人の膚の色だ。
むかし
川が
大量の水を流し、
洪水になって、
凶暴な裸体を晒していた場所では、
今や、
厳格な運河の幾何学が
川床に大理石を静かに沈めていた。
かつて土埃が
風に吹かれて
舞い上がり、
暑さにやられたサハラ砂漠が
黄土色に染まっていた所では、
同じ地面から建造物と植物が

びっしりと生え出ていた。
目よ、
歓喜してこの幻想芝居を鑑賞せよ!
ぼくの眼前にあるのは
この上なく現実的な生活だ。
フーリエ、
ロバート・オーエン、
サン・シモンの頃から
みんなが夢見た生活なのだ。

おい、マヤコフスキー!
もういっぺん人間に還るんだ!
思想と神経の
力でもって、
ぼくは
今まで生きてきたけれども

今、数千メートルの長い頸を
倍率の高い望遠鏡みたいに
そうっと畳んだ。

これは異様な話だと思う人もいるだろう。
しかしながらぼくは、
二十一世紀の中頃にあって
地球（**ゼ**ムリャー）の、コミューン連合（**フェ**デラーツィア・**カ**ムーン）に属する一市民、すなわち
ゼーフェーカー市民である。

いちばん面白い所は、もちろん、このあとだ。みなさんは、二十一世紀の終りに起こった出来事を、正確には恐らくご存じないと思う。ところが私はよく知っている。では、つづく第三部で、そのことを書きましょう。

〔一九二二・未完〕

著者略歴

Владимир Владимирович Маяковский
ヴラジーミル・マヤコフスキー

ロシア未来派の詩人。1893年、グルジアのバグダジ村に生まれる。1906年、父親が急死し、母親・姉２人とモスクワへ引っ越す。非合法のロシア社会民主労働党（RSDRP）に入党し逮捕３回、のべ11か月間の獄中で詩作を始める。10年釈放、モスクワの美術学校に入学。12年、上級生ダヴィド・ブルリュックらと未来派アンソロジー『社会の趣味を殴る』のマニフェストに参加。13年、戯曲『悲劇ヴラジーミル・マヤコフスキー』を自身の演出・主演で上演。14年、第一次世界大戦が勃発し、義勇兵に志願するも、結局ペトログラード陸軍自動車学校に徴用。戦中に長詩『ズボンをはいた雲』『背骨のフルート』『戦争と世界』『人間』を完成させる。17年の十月革命を熱狂的に支持し、内戦の戦況を伝えるプラカードを多数制作する。24年、レーニン死去をうけ、長篇哀歌『ヴラジーミル・イリイチ・レーニン』を捧ぐ。25年、世界一周の旅に出るも、パリのホテルで旅費を失い、北米を旅し帰国。スターリン政権に失望を深め、『南京虫』『風呂』で全体主義体制を風刺する。30年４月14日、モスクワ市内の仕事部屋で謎の死を遂げる。翌日プラウダ紙が「これでいわゆる《一巻の終り》／愛のボートは粉々だ、くらしと正面衝突して」との「遺書」を掲載した。

訳者略歴

小笠原 豊樹〈おがさわら・とよき〉ロシア文学研究家、翻訳家。1932年、北海道虻田郡東倶知安村ワッカタサップ番外地（現・京極町）に生まれる。51年、東京外国語大学ロシア語学科在学中にマヤコフスキーの作品と出会い、翌52年『マヤコフスキー詩集』を上梓。56年に岩田宏の筆名で第一詩集『独裁』を発表。66年『岩田宏詩集』で歴程賞受賞。71年に『マヤコフスキーの愛』出版。75年、短篇集『最前線』を発表。露・英・仏の３か国語を操り、『ジャック・プレヴェール詩集』、ナボコフ『四重奏・目』、エレンブルグ『トラストDE』、チェーホフ『かわいい女・犬を連れた奥さん』、ザミャーチン『われら』、カウリー『八十路から眺めれば』、スコリャーチン『きみの出番だ、同志モーゼル』など翻訳多数。2013年出版の『マヤコフスキー事件』で読売文学賞受賞。14年12月、マヤコフスキーの長詩・戯曲の新訳を進めるなか永眠。享年82。

マヤコフスキー叢書

第五インターナショナル

だいごいんたーなしょなる

ヴラジーミル・マヤコフスキー 著

小笠原豊樹 訳

2016年6月30日　初版第1刷印刷
2016年7月14日　初版第1刷発行

発行者 豊田剛
発行所 合同会社土曜社
150-0033
東京都渋谷区猿楽町11-20-301
www.doyosha.com

用紙　竹尾
印刷　精興社
製本　加藤製本

Fifth International
by
Vladimir Mayakovsky

This edition published in Japan
by DOYOSHA in 2016

11-20-301 Sarugaku Shibuya
Tokyo 150-0033 JAPAN

ISBN978-4-907511-29-6　C0098